私處

To Alton,C.Alves,琦琦,宜君,惟智,Yuxiao and M.

序「私處」

陳克華

離卅歲寫詩的年紀已經很遙遠了。離卅郎噹歲這一寫詩的世代更遠。

回首自己自高二開始寫詩，無論寫過多少好詩壞詩，至今無愧於心的，大概只有對詩的「忠誠度」了。然而，也就只有「寫」和「發表」，平時也不太讀別人和自己的詩，也不和所謂「詩壇」交往，也不參加詩的研討會，更遑論為他人的詩集寫序。（年輕些時曾拒絕過幾位同輩詩人的邀序，不過那時純粹只是覺得自己還太年輕，不宜做德高望重者的事，毫無對詩的褒貶之意。）

而光「寫」與「發表」，似乎也恰恰就是一位詩人的本份了。

多年來一本初衷，認真寫詩，認真讀詩，認真投稿，認真得獎，如今（多年以後，當然！），認認真真出版一本自己的「第一本詩集」（令我想起當年「現代詩」季刊復刊，和梅新，零雨等人也曾辦過「第一本詩集」出版的徵選，同時造就了我和楊小濱一段情誼）——這樣的人，現在如果還有，應該已經不多了罷？

常青就是這稀有族群裡出色的一位。

年過卅歲，生命裡的「第一次」已陸續失去，許多原本沸揚易感的生命逐漸發現生活的乾枯乏味，同時也逐漸遠離了詩，這似乎是許多年少寫詩人的宿命。而第一次出書對許多詩人而言，其意義的重度遠超過其他生命事件如婚姻或工作或升遷等等，原因無他，因為寫詩求的是直見性命，而好的詩集本身正是一本認真生活過的心靈紀錄，與死亡抗衡，與永恆競賽的不朽日記。

書名「私處」，挑明了作者以詩明志，發掘內心幽微感性並深入潛意識的創作意圖。性，愛情，城市生活，閱讀，構成了「私處」幾個基本的寫作面向，字裡行間，看得出作者長久以往的「文藝青年」的身份標籤，飽讀台灣上世紀老中青三代詩人作品的潛移默化，加上中文系及教育工作的背景，文句的鎚鍊與意象的使用，自有其水準以上的堪稱嚴謹的表現，象徵主義的詩作佔了大半，也是沾染台灣主流詩風後的自然呈現，少數圖象詩的鋪排也具視覺的邏輯性及說服力，並無過度實驗性或脫序晦黯的演出，常青的詩作在廿一世紀的台灣青年詩人裡，奇異地避開了網路世代文字鬆散，思路跳躍，語言揉雜，意義稀薄等常見的弊病，而呈現意外的可讀性，包括濃淡適宜的意象鋪排，音樂性的掌握，現實生活的主題關連性等等，說常青是一位「根深植於台灣現代詩土壤及台北都市生活」的青年詩人，並不為過。

而相對於標題「私處」所暗示，孤獨（街犬），不婚（無名指），人際關係的冷漠（冰箱），嫉妒與寂寞（你在印度），經緯縱橫地構成了作者內心風景的真實，而不時出現詩句當中的作家名字（如黃春明，余光中等等），證實了這些前輩作家不僅餵養了作者的感性，同時也造就了作者一枝創作的筆；而作者毫不規避地大量使用流行歌曲，歌星，台北街道名等於詩作中，則洩露了作者的都會地緣性和後「新人類」的世代性，是新穎，同時也是一種侷限。

一直喜歡一個比喻：生命有如在剝一顆洋蔥，涕泗縱橫之外，還一層一層永遠也剝不完。年近知天命，發現寫詩也是這樣。希望常青的「私處」的出版，也是他創作上的「分水嶺」，卅五歲之前的作品總結與之後的再出發，「詩」絕不等同於個人靈瑰私處的揭發與被看見而已，生死，人類的處境，生活的真相，心的種種造作，詩人目光的深利與視野的遼遠，自會帶領詩人走向屬於自己的既獨特又不可知的境界，洋蔥般一層又一層——那時，寫詩才真正的是「自」與「他」同時受用！

好了，常青，你的私處大家都看見了，但接下來呢？

陳克華

2010／4／7于台北

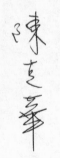

自序

從前，有一位女孩對我說：「很羨慕你會寫詩，會寫詩是一件很幸福的事」。

第一首詩〈若要寫詩〉，寫在就讀台北工專的十七歲，系學會舉辦「情詩徵文」，身為系學會總幹事，我倡議舉辦文學獎，並且投稿，工專的國文老師吳華陽先生給了我第一名。當作品公佈在系館時，一位匿名者塗鴉詆毀了它。十七歲的我，天真愚蠢愛文學，十七歲的我開始寫詩。

離開忠孝東路的工專，來到雙連坡的中央大學，我不知道是否如同傳說，校園有一萬棵南朝松，但那些涼風吹過松林的夜晚，我們經過百花川，自組地下詩社「詩人安養中心」，與琦琦（現任教元培應英系）、宜君（在二十九歲的最後一天離開了文壇）、光文（現任教楊梅高中）等人，在夜深人靜的松濤裡讀詩，寫詩，以及遊樂。太陽出來後，走到文學院上焦桐老師的現代詩，人滿為患的課堂，焦桐一一批改我們的創作，餵養了許多中央人。學長吳明益已是當代矚目的小說家，晃盪多年的我，十八年後出版第一本詩集。我仍然是，天真愚蠢愛文學。

講授《老子》的曾昭旭老師說：「談戀愛很好，成功了，可以得到幸福；失敗了，可以得到智慧。」每一首情詩都是一顆小月球，繞著一名情人運轉，情人是太陽，光芒輻射我身，反射出一落〈情史〉，閃爍了戀情，也照亮了缺陷，然後，安慰著，循環著「寫詩，求歡，戀愛，失意，詩意」。末了，已不知何者為因，何者為果。那些逝去的戀情所換來的智慧微光，都已投入了詩句。

女孩說：「會寫詩是一件很幸福的事。」

如果，你讀到我為你寫的詩。

2010 / 4 / 20　於板橋

情史

夢的素描

Practice

寫生

雨

滴答　滴答
雨　對鐵皮屋頂
說了什麼

連漪一圈一圈
雨　向地上小水坑
說了什麼

撐傘去探個究竟
雨　又和
肩上的傘　說了什麼

丟了雨具
去和
雨水交談

怎麼

囈山

ㄅ

昨天是海
今日是山
沈積岩裡封埋的
貝殼　波痕　三葉蟲
都是結在血脈裡的信物
承諾化　石

ㄆ

山的願景是海
長高
再長高
多望想一眼
愛情的波濤

冂

山　戀海
條條溪流
都是信差
為　一親芳澤
巍峨甘作淺聲低唱

匚

海　有意無意
捎來幾峰雲抹
讀完
山都朦朧

ㄉ

寂寞的山
拈雲霧為情婦
親山的人
在帳篷裡等待
春衣泥濘

ㄕㄢ

入定
老僧
手上的念珠不停地
轉著

春夏秋

冬　冬

秋夏春

童話列車

小時候
愛坐火車，愛鐵路飯盒
更愛窗外童話般的風景
想要一面平快車的車窗
代替公寓的鐵窗
想要一面莒光號的玻璃
貼在漆黑的天花板
當作放映的夢

車廂裡
大人都睡了
愛麗絲夢遊的路才開始
童年似無人的小站
還來不及看清楚它的名字
就只剩倒退的背影

像是曾經錯過的朋友
終於　連再見也來不及説

寧靜的夜
列車滑過平原
稻米睡在稻穗裡
睡在搖擺的風中
我伸出翅膀飛越熟睡的田野
一畝畝
有野草味的夜裡　輕輕
臉和風柔軟擁抱
喃喃　説要養這一場夢

蒹葭

蒹葭在秋天茂盛
髮在風中飲雪
日記裡盈滿你的倒影
反覆的迷藏，在昨日彼端

蒹葭在秋天茂盛
人在霜中髮白
夢裡有你的倩影
尋影的足跡，在現實一方

蒹葭代替思念
在天地裡蒼蒼
思念人的髮，代替秋霜
飄落晴朗的街頭
在雪不落的南國

寶山曼波

・草山

郁永河迷路了
改搭捷運到關渡重填竹枝詞
竹子湖盛開空心菜
改良成功的盆地朝天空伸手
小油坑還在睡
沒發覺草山一覺醒來
竹林成為山下兩百萬雙免洗筷

・雪山

我們
與白木林
喝著同一季的雪
與中央尖頂著同一片天
聖稜線每座白頭都啞口

七家灣溪每道灣都婉轉
等鉤吻鮭回來櫻花一整座山

・玉山

攀上主峰
為我們小小的島祈福
當對岸的太陽日漸灼熱
而藍天隱藏的前世日漸曖昧
綠色的草根啊！抓緊土地也要展開樹冠
讓我們飯後歌唱，別讓我一個人街上唱歌
在婆娑之洋的美麗之島，在無敵艦隊歌頌的禮讚

我們都在海面前

打時光走來
我們只留下逗點，在這裡……

走去森林公園
聽著張學友，在露天音樂台
在過去是原野，是一鋤鋤開出的偉大安溪……

走來迪化街
霞海城隍生，五月香火盛
再過去大稻埕，滿滿曬稻的泉州同安人

走到廣州街
滾滾龍山寺，源遠流長台北市
在過去是佛經裡的花，再過去是獨木小舟

小舟再過去
就是大海了

註一：台北市「大安」之地名，乃紀念福建安溪先人。

註二：大稻埕的人口來自泉州同安人。

註三：萬華舊名「艋舺」，意為小舟；「萬華」一詞源自日治時期，佛經裡的「曼陀羅花」。

靜物

存在

把白髮拔
下

將黑髮拾
起

來

細細
審判

橡皮擦

太陽是雨天的橡皮擦
清道夫是街道的橡皮擦
城市
也是一塊橡皮擦
公寓住久了
你的表情都不見了

尺

小時候
眼睛張著一把尺
衡量等待
分針滑過　下課的等待
日曆掀落　假期的等待
眼淚滴穿
成長的等待

長大以後
把尺藏在眼神之中
衡量
別人的眼神

清倉

沒有人
掀開她任何一夜
塵埃　安安靜靜地
覆蓋了幾經設計的妝面
黴菌侵入了潔白身體
無情歲月
廉售倉庫堆積不動的回憶

石椅

等待的人
不知不覺
把夏天坐涼了

想——
該不該轉身添衣時
已經
坐成了一張石椅

沙漏

以我為孤獨的單位
我是一粒無法想像恆河的沙

時光如蟻
寂寞悄悄
我與外面的世界隔著玻璃
規律如牢，青春如瀑
墜落一地恍恍惚惚
執著的沙，住在
易碎的沙漏

一瓶無法想像恆河的沙

寵物速寫

・貓

貓是情婦的生肖
已婚多年的人
養隻貓來溫柔吧
兩隻更好，以防變心

・狗

看似馴服的狼
主人出門後，便躍上沙發
取代主人
統治寂寞的家

・魚

習慣了漢堡
從天而降的生活，偏偏
望見自由在水族箱外走動
於是　效法愚公，日夜鑿壁

・鳥

為了滿足人類對飛翔的佔有慾
翅膀掛成一件禮服
籠子裡
每天擦拭

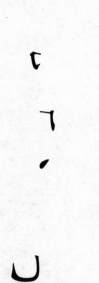

城市之光

賴床

今早，又一次
我免於捲入籃中腥羶的魚群
翹到刮鱗刀外的邊邊作夢
與我相濡以沫的是
漸被簾外透進來的陽光
吞蝕的黑暗

牢騷

機械聲中醒來
日曆上的紅色數字嘲笑活埋的美夢

早餐桌上
有一份新鮮的報紙
十五元的菜色
有砂石車壓死清大研究生

午餐時間
只有千篇一律的綜藝節目
沒有營養　也不能快轉
還好不餓

晚餐

有六十四個人上館子
粗心的市長　忘了問幾分熟
一起變成死神的晚餐
太焦

餐後
看了一場文藝電影
爸爸愛上兒子的男朋友
列入輔導級
都有穿衣服

末日近了
電線桿亦無能倖免
我開始羨慕熊貓　邊吃嫩葉邊打瞌睡
並且　不必摺棉被

民生主義之台北三篇補述

・食

沒有食慾了
速食店裡賣玩具，西餐廳的氣氛以盎司計
至於，每人三九九，把胃變成餿水桶
不是他殺，一切噁心自助

・衣

晾在盆地裡的衣服
在季風裡跳舞，取悅太陽
皮膚很渴，牛仔褲的腳卻還沒乾
明天出門，可能得陰晴不定

・樂

卡在食道裡的情緒　開幾首藥方　下班後吃　完

拉在麥克風裡　花三百塊　一晚就

ＫＯ

自助餐

有一瓶忘了蓋的汽水
活氣失蹤
不生氣的可樂
喝也不樂　倒也不樂

有一份十二吋的海鮮總匯
吃不完放冰箱
一盤好貴的垃圾
放在好大的垃圾桶裡
保鮮

週末
不限時段
一個人端出來
把寂寞吃到飽

鬼月下午的一齣戲

七月下午，有戲一齣，警察導演，市長監督，真槍實彈，全民演出，最佳演技，毫無匠氣，場景壯闊，實況轉播，僅只一場，隔年重播，不是默片，沒有聲音，戲名：「防空演習」。

一九九七・台北・分屍案

我在日記裡協尋
一出門就走失的自己
敬請
發現人士通知

・頭日

台北進行曲第一拍
死了鬧鐘聲
張瞳孔
隙見
頭被鬼活捉　了
卻不肯束手就擒
手拿毛巾刷臉
倒進一份早餐漱口

腳與皮鞋
為一紙婚約進行一整天不完美的交媾

・眼戲

請隨手關燈關門耶穌是唯一的神使用後請關緊水龍頭南無阿彌陀佛請勿靠門站立以免發生危險走路時眼睛要看前面以免發生危險下車時請注意後方來車以免發生危險請注意人際關係以免發生危險請多吃魚以免太笨發生危險請考上台灣大學以免太矮發生危險白天防曬你的美白只作一半請用ＳＫⅡ修護液以免太醜嚇到危險請有錢以免危險險危險危險

・陽具多雲偶語

傳宗接代的性念
無法持續勃起
總統府紅潤的龜頭縮小之後
新光摩天樓以台灣最長陰莖
號召所有福爾摩沙子民向它膜拜
曾經禁忌的章節露出了包皮
性慾迷漫室外空氣
室內遙控器快轉
抽取式的滿足與虛無

・心地

「請問，和平東路怎麼走？
往忠孝東路的方向嗎？」

「不，那是反方向。」

「還是走仁愛路？」

「不不，那是單行道有去無回。」

「有人説沿信義路一直走？」

「拜託，和平跟忠孝仁愛信義眼前都沒有交集！

你到底要去哪裡呀？」

「景美。」

「老兄，很遠耶！你到了第二殯儀館之後，再問人吧。」

・無名指

遺失了身份證
不如公園裡一株有標示的杜鵑
我是一雙手中最尷尬的無名指
連婚戒也不願嫁給我

單身・套房

除了自言自語
　回憶　是電話答錄機慣用的方言：

・鏡子／隨著環境改變臉色

出門前
用各色彩妝粉飾厭惡與疲倦
參與人煙中的臉譜迷藏
回家後
眼影已重
臉　脖子
差點不認得

• 冰箱／我的冷漠是最好的防腐劑

人際關係是一件脫不掉的毛衣
一年四季套牢身體
體內燉了一身的火
除非切下他們的喜怒哀樂冷藏
中暑前
剉出一盤八寶冰來吃吃

• 一對咖啡杯／缺角是吻的化石

我們是客廳裡的一雙蝴蝶，有美麗的憧憬紋身。然而，愛是一場城市蜃樓，套房鮮有來客，主人鮮有閒情，咖啡豆都教螞蟻搬走了，我們坐在玻璃櫃裡積塵，成了夢的標本。

•單人床／婚姻是愛情的墳墓？

我的棺材已經溫好。

秒針窸窣的　夜

裸身睡吧

180公分的被子是位不解風情的情人

唇邊到股間

隨你調整纏綿的黏度

痙　醒　時

陽光把身體擦得乾乾淨淨

夢　遺　在

無法補寫的日記裡

・窗／目光踩著高跟鞋逛街去了

繁花追逐著春天
換季清倉前，落英紛紛
飛入單身套房
作我的新衣
在下一聲杜鵑叫出春天時
呼引　一如乾冰的蜂蝶
登場

嗶・・・

流浪狗的獨白

一出生就是沒有終站的
流浪，成為我們的名字
而流浪，不過是徘徊在旅行與迷路之間
尾隨著一條越來越遠的歸途

流浪到城市
須是乞丐，同時戰士
在一場沒有出口的生存遊戲裡
分辨突來的石頭或麵包，立即撿取或閃躲
在防火巷，在休旅車之下，在深夜裡
溫暖的高檔餐廳門口腳踏墊上
求生

沒有草根的地，沒有土壤的花
招牌輻射巨大光束，小炒集合八方口味

我已嗅不出地理，我已聽不懂方言
兄走弟散以後，父母的臉也日漸模糊
拿不下，鬆不開的鄉愁
套牢我的頸項，成了莫名的血統
唯一繼承的是生生世世憂鬱的眼神

也曾眼睛黑白分明
然而，和街景一起模糊是最佳的保護色
也曾經愛上與被愛，然而
感情只能是流浪者的歌曲，不是行李
有個穿制服的傢伙拋來的肉是餌
以熱情的呼喊包裹惡毒的心計
死裡逃生的我，尾巴成了陽痿的節拍器
街上的路人啊！路邊的街燈啊！

視我為活動的垃圾
（垃圾啊！·是消費文明的親生子）

不大狺狺，也不大狼嚎
我們現有的對策是生育
輕易繁衍了思想，同時解決了勢單
在黑街小巷，在大夜白天
每年複製六到十二胎的無言淒厲
即使我們營養不良，奶水有毒
也要喚醒臥室裡鼾聲如雷我祖我先唯一效忠的主人
對我們曾經，愛的記憶

GIORDANO
GIORDANO

黃昏・台北・不回家的理由

黃昏
還來不及煨暖大樓
招牌就亮了
冷冷烽火，千千升起
偷偷偷走季節
戰國城市，
感情易生難長

忠孝東路上
鮮活的表情，擦過新一季的櫥窗
匆匆泡好無限續杯的每日咖啡
我與世紀末出清的緩慢一同啜飲
這一季的流年與色彩
直到游蕩沉澱體內成為體質
如睡眠排解不了的咖啡因

擁擠

如一雙不乾的襪挨腳跟
不想在電車上和眾生搓洗一天的疲累
不想在公車上注視時間之龜爬行
我躲入一間咖啡館作壁上觀

這一條長路
夢的兔子正在沉睡
想在月昇前完成一首詩
川流中，釣起的往事卻不值季節

走出咖啡館
踏上溫差巨大的街
風吹薄身上煨暖的夢想
我的臉上吹來一陣涼涼的

回家

城市之光

周末
十一樓
失眠的燈
和
窗簾縫間溜進來的
月光
緩緩地
把
青春
燻
黑
了

喜歡城市的十個理由

喜歡光
喜歡煙火
喜歡霓虹燈
喜歡旋轉木馬

我喜歡吃喝逛夜市
喜歡遙望新光摩天樓
還喜歡在徒步區看街舞

寂寞時電影陪伴失眠子夜
我穿過中山北路眠夢的樟樹
上山靜臥夜景如閃耀的電路板

街犬

流浪到城市，世界是一間地下室
我在屋簷連結的長巷旅行
我在機車撕剩的夜裡語言
腳步輕，欲望更輕
雨季長
足跡
更
長

MASTER PIECES
WORK-SHOP

停電的夜碼

停電的那晚
隱形人循著心跳入侵
詭譎的街
只有夜光
鎖住島
島嶼失去了能量
除了等待
時間沒有出口
我匍匐於緊急照明燈下
將遺書化為你懂的符碼：

停電的那晚
房裡亮著黑暗
亮開身上每個洞口
口腔　耳朵　毛孔

紛紛竄出不知名的小蟲
一隻　兩隻　三隻……
漸漸　我萎縮成床單的俘虜
渴望打電話向你呼救
投幣孔遠在一列兩腳寂寞的彼端
而我在這端
記錄今晚前線的戰況

夜市

旋轉木馬般的攤販
轉著秧苗般的回憶
我掉進旋律的金魚池裡
直到
紙糊的網　破了
我才從六歲的夢境醒來
那時，天還沒亮
但　夜市已經散了

客居

霓虹在峭壁築巢
嬉鬧夜夜如春的城

夢如月色隱居在五言古詩裡
深埋三千年的鄉愁　待考

我的野狼
獨步穿過現代的車陣
　　與古老的人群
不遺形跡與氣味
停在一座危樓前
頂樓加蓋就是我家
我不是詩人
　是個房客

夜曲

車流悄悄漲起
交換晚安的方向
擦肩的招呼炒成一盤分貝
佐以　喃喃自語的燈光

繁華退潮
孤枕為島
星座回到他們的歸宿
車流散入各自的車庫
一曲小提琴
降落在我失眠的耳裡
召喚了一整夜的思念
來自屋頂上
一隻貓的情歌

夜獸

步伐輕輕　襲來
足跡不捎氣息
夜夜，蟄伏鏡中等待
照鏡的女子男子
一瞬衰老

翌日清晨
人們互道早安，匆匆
不讓數　尾紋多長
　　　　白髮幾根

電影節

悲情城市是個無神論者
流浪神狗人正在尋找新神祇
沒有豐年祭的都會，有年終獎金
沒有信仰的百姓用鑽石作愛的發聲練習

我穿過藍色大門
走進戲院，讓右腦對故事效忠
讓目光入定人造黑夜
電影是夢想的推手
是童年往事唯一的青梅竹馬
那些暗夜裡的美麗時光
是記憶裡的盛夏光年

闔上現實，睜開我生
陰暗的月球有了日光刺青

我的美麗與哀愁
一一高喊愛情萬歲
走出戲院，雙瞳呢喃
如同月光加持李白耀出盛唐的花樣年華

電影節 之二

寄給你一本節目手冊
你想看什麼電影？

幕啟了
螢幕端來巴黎
雙眼踏你踢踏的香榭
望你仰望的鐵塔
最後的露天咖啡座裡
你的嘴與我的唇在一杯卡布奇諾相遇

新橋竣工十年
戀人在電影廝守一生
茱麗葉畢諾許和導演離了婚
從馬賽到巴黎，從巴黎到紐約
盧貝松開著計程車

遠離了碧海藍天

十四夜的電影節
半生心境的考古，祭祀
你的年少，我的衰老
以及戲院座位上，我們的從前
我伸出追憶的爪
跳著乞靈之舞
直到諸法皆空，行屍意識搖頭擺尾
喉間呼嘯出一首無人解的頌
讚嘆我倆曾經虛擬飛行的徒步影蹤

幕謝了
反覆播放的，你的記憶
是誰的電影？

搖頭之夜

遠離燈塔，熄滅星座
在夜深莫測的心海，慾望浮出水面
在藥物萬能的夜晚，靈魂游出身體
想像是一群擺尾的海豚
在憂鬱的海洋
追逐幻覺裡的光紋
反芻沙漠裡的高潮與愛
搖頭是不？還是連不也不想說？
夜夜搖頭，直到藥效解開了黎明

他打好領帶走進電梯
遇見一股古老的心跳
那是無數詩人的呻吟，無數詩篇歌頌的善美真
那病情，無藥痊癒，那快感，藥效無法比擬

在分秒之間，在東城西市
慾望遇見更深邃的汪洋，更高遠的藍天
然而
他已失去有力的尾鰭與翅膀
甚至無法沈淪或拯救

下

情史

若要寫詩

若要寫詩
千萬別說你好□好□一個人
瓊瑤不寫詩
你的小小說
像個濃妝老妓
滿臉廉價香水刺鼻

若要寫詩
千萬別說你好※好※一個人
輾轉難眠煮了手錶又吃香蕉皮
否則一枝枝左輪紅筆來拘捕
犯了滔天言情不明講大罪
妨礙風　俗

必要寫詩
昨夜的雨　喚作

月兒無心灑了一地心碎
下弦月是夜空不懷好意的笑
何時告訴她　你□她
你說：「讓我再等一湖秋色吧。」
給甲下
星期天在西門町看早場電影是撒旦在死前對但丁的懲罰
給甲上上加星星

哎唷喂呀
喔哂嘆哩
怎麼辦可是？
既然一個詩人！不是
天女行空怎麼會
天馬散花誰懂……
真有詩時
就說給她聽吧。

愛上

我願作你的大衣
又不甘只抱你一季
我願作你的溫床
又不甘只在夜裡與你纏綿

作一杯你嗜飲的茶
能在你的味蕾上停留多久
作一輛伴你前進的車
你的地圖，可有我到不了的天涯

愛上一個身影
素描一朵風中的雲

情書

她一笑
台北回頭
垂下長髮如一道吊橋
只憑勇氣，無法通行
給她的情書還睡在鵝白色的信封，
還埋在抽屜裡
搬家時，被老青年發現
一樣的情話
消息沒老
鵝卻老了

犯思

犯思的他
囚在小房間裡
獨自尋找
情人節

沿著情話走去
發現有人在身上留下遺跡
激動的
左手為鋤，右手為鏟
任血任汗噴濺
直到一尊彩陶出土
擦拭一看
竟是無手無足的自己幽怨如宋詞中的女子

思念之歌

思念　是一隻我養的鴿
早晚餵牠王菲的歌
一口紅豆　一口蝴蝶
一口浮躁　一口執迷不悔
餵多了
流行的歌
活生生的飛翔像極玩具火車
塑膠鐵軌上盡興地　奔騰
我則是另一隻鴿
餓的時候
情人用思念餵我

戀愛三部曲

・初戀

撕開　金黃色的鋁箔
傳說中香醇的巧克力
怎麼
苦苦的？

・熱戀

兩塊形狀不同的磁鐵
互相吸引
希望　熱情的溫度
能夠溶化其中一角

・山盟

我愛你
　堅定不移
你愛我
　生生不息
終於　我們成為城市裡的一盆聖誕紅

彈琴

屏住氣息
莊嚴按著激動
我褪去妳身上最後的遮蓋
迎接那初面世的，嶄新的
喜悅與痛

呼吸伏起
我用臉龐來回撫嗅
這一身彈琴的人夢寐的處子的
新生與香

登
一聲，伸出指紋
指紋擴散成空氣中振動的漣漪

連續地
從食指尖
不經意的漫舞　到
身體化作無數雙手
無數雙手化作無數指尖
探訪妳
每葉琴鍵的深處
探訪每葉琴鍵的
妳的深處

東方機場

天未亮
機翼安眠
簡單的行李與欲望
陪我在機場門外等待
睡意都抖落在南迴公路
小城在漆黑的寧靜中凝固
偶來的車　聲
喚醒雕塑　繼續流動

天將要亮
迎賓大廳掛滿惺忪的燈
我垂在窗邊的一張桌
一碗粥一本長篇小說
一同燃燒

等待

天亮了
機首昂然向前
豐盛的航班餵入螢幕
行李自信滿滿
尾隨盛裝的旅客
起飛前，翩翩飛起
降落後，嘈嘈落降

你來了
赤裸的盼望免於著涼
閘外東昇久違的笑容
我內心的小小史詩寫入嶄新篇章
我密密的情感河流伸入了蔚然新土

開戰

妳遞來白紙一疊
黑字整齊如行軍的隊伍
「給一點詩評，好嗎？」
眼神幢幢
如對峙的火把

我一驚
緊閉城門。
沒多久
夜在雲中噤聲
縱火者在城裡謠言
方才瞥見的第一首：
〈苦戀〉

啟示錄

如果
我在散文的日子裡
復興一句文藝用語
一次一次，小小心心
吐出完美結晶
平淡的日子，再無虛張
那小心翼翼羽化成為臂膀
我飛起
鳥瞰情人的舊約
紛紛相匯福音的源游

里斯本早晨
我親吻陶醉的枕頭
想你播下的味道

安寧地住在
那裡

那裡
夢將朝聖

「我愛你。」
如果應驗了
這 一句聖經
讓我信仰你

明信片

・一張寫給朋友

流域啊　人生
從初初互嘯的山巔
支離為合縱連橫的國別史
擊鼓或休兵
你我各據一方城池
整飭心血為千軍萬馬，向時間征討代價

年節前
空出一支輕騎兵
向彼此傳達冷暖自知的戰況

・一張寫給戀人

不再相見了
你也許會端詳我寫的明信片

在潮水拍打月亮的某天
我進入你居住的城市
搭公車　逛誠品　買一本羅蘭巴特
坐在窗旁　數背影　寫明信片
平靜的地圖上
我們緊緊擁抱

也許
我會擦過一身你的氣息

靜夜思

今晚的雨
呢喃著
歪歪斜斜的小字
流進耳裡成湖
湖心有紙船放走的童年

今晚的路燈
攪拌著
單身漢的慢板歌謠
糊在窗櫺　假裝黃昏
整夜傳喚李商隱的晚唐

直到
晨雲吐出黎明
一夜詩人的眼睛

走走奕奕停停
派送著古老的新聞
在大港小彎
在夢的甲板

我　想念你
詩意　只是露水相逢

床前明月光，
疑是地上霜。
舉頭望明月，
低頭思

慢歌

如何
為美好的日子
寫一首慢歌
老的時候溫習
我們可以浪費一點白日
重蹈，相愛的細節

那麼
不要押韻，不要
一首詩匆匆念完
或者，找到寬容的韻
讓棄吻就詩的唇來這兒
說夢話，也不跌倒

唱慢歌，把歌慢唱
手不舞，腳也不抖
只有當我們相遇
在詩裡赤裸時
彷彿有什麼
什麼，在喉嚨裡顫抖
或者，更深的部位

牽著夏天走來

夏天　是一隻狗的名字
人人都愛的慵懶況味
是你養的雪納瑞

一個人的夜　遛著他
像夏夜遛著手上徐徐的孤單
也遛著我們笑微微的愛情

夏天　是一隻狗的名字
你我都愛的城市灰
取了名字　作想念的依歸

一個你的夜晚　牽著他
像小鎮牽著你腳底
緩緩的等候

卻牽來
一則酒醉的新聞
撞死夏天，在小鎮巷口
他一陣痙攣就　過去了
像一場無心的
雷陣雨

溼透的你
站在八月底，問我
另一個夏天會來嗎？

來　了
像永不停止靠站又出發的列車
我站在南下的月台
永遠記得

和你相約小鎮車站前往幸福的那晚
你牽著夏天走來

我想為你寫一首詩

我想為你，寫一首詩
讓你明白你的到來
與離去，都是重量
你乘春天的水，搖擺而來
瀟瀟灑灑
滴　落　我眼底
提筆　汲取你的倒影
揮筆　追趕離散的漣漪
纔發現
為你裝訂的日子，不是詩
是如何賦庸風雅的言情小説

理論無心附會的茶餘　飯後

你來訪單身套房
我打開我的詩集有如心房
杜撰我們在詩裡同眠
直到青春結集

我薄薄的靈魂
便在你的書房棲息
高閣裡獨自編織迷惘
那是我毫不遲疑送斷的
我的詩集
而你，只是問

能否借閱幾天？

老情歌

唱老情歌
讓黃葉想起天地的溫柔
一輪一輪
重轉青春一程
一字一句
拾回我們凋落的諾言
那幸福長為夏樹的可能
依舊動人

搭平快車
前往回憶裡的遠方
我終於，不急著到達目的地
流連青春過站不停的小鎮
曾經網住少年的
有些問題，已然老去
有些答案，已經回家

車站裡，寂寞喧嘩
候車的長椅上，我看到
合照依舊牽著手
月台的盡頭外，我聽見
情書默默唱著歌
忽然
一
列
快
車
如
秋
嘯
過

所有的歌都在你離去那天
隨那天老去

停駛了
一條支線

明年春天
依舊是傳唱老情歌的春天

私處

私處從不公開
私處藏有主人的秘密
我的私處甚至不屬於我，親愛的
請您也別染指，因為
私處是靈魂的羽冠
我當生命一般保護牠

一名男性還沒成熟就被剝皮
白嫩嫩的金蕉，從此把尊嚴擺在羞恥前
只要豢養我寵愛我崇拜我，牠就為你作牛作狗
又黑又粗的外表是勞動的象徵
能左能右的角度是技巧的提升
親愛的
我們曾有的激情不為天長地久的子孫繁衍

且看慾望在空中噴射出一長串驚嘆虛無
那是基因也是選擇，無關命運痛癢

開放了鬆綁了，人人向主人索討金蕉
看遍了也忘記了，主人知道疲乏的
金蕉，潰爛了也不會否定曾為翹楚的青春
赤裸再不稀罕
我的私處，不是金蕉

一個夏日夜晚，我與M沐完身。M說：「我幫你剪指甲好不好？」說完，端起我又是象皮又是黝黑的腳，一一修剪我十指私密。說：「以後別剪這麼深，指肉會不舒服，我幫你修這樣剛好，不長不短，弧度也好。」說完，輕拍十指，有如我們十個乖巧的兒。

第二十八回夏
第一回寫入愛情，從今
爾後，你們誰也別覬覦，誰也別染指
我愛情的源頭，我秘密的私處

征服

我的征服者
當　您不再屬於我
我也就從俘虜的榮光裡被解放到自由的暗室
暗室之夜助長思想，　您的離去召來寧靜大雪
任何族類都無能繁衍，只有溫柔
蠢蠢攀爬

在我低語的詩行中
誤入你們嚴冰的僵局
再抽身，靈魂已捐棄成為一名男性
徒留一張戀人的表皮包覆彌留的骨肉
愛是　崎嶇的山谷
我要　柔馴地下墜
無法親臨的幸福傳說已在腦葉展矗
自焚的少女是祭司的火炬

歸零點燃生命長夜

白日自荒涼，夜晚相舔慕
荒原與城市交歡成一間域外酒吧：
埋伏地下，張口呑噬週末尋歡的賭徒
曖昧的眼神下注青春的肉體
狹小的甬道包圍擁擠的舞池
此格局，秘定日後無從得知愛情濃度的離別語
天花板的四色旋旋轉一周
酒吧裡漂流的戀情生滅一段

插上誓言的翅膀起飛，約定逃逸
回顧北方冰山的　您，石化成塔
我潛入塔內，以勇氣建造愛與磨難的螺旋梯
想要打開天窗擁抱遙遠的藍天

心無寸鐵，落翅者感染黑夜攀爬的惡習
嶙峋夜晚，不斷向上
尚未征服塔頂
沒有餘光展望足下——粉身碎骨的風光

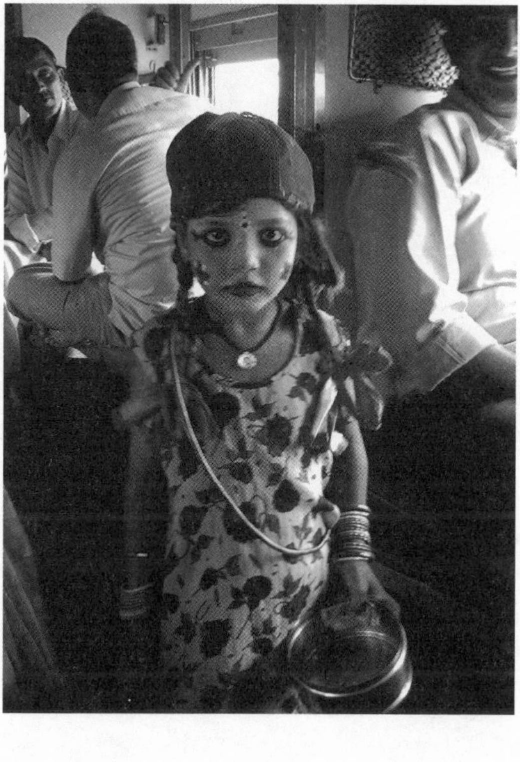

你在印度

你在印度
我便安心地走在館前路
不用遐想轉過南陽街，會在人群遇見你
不用排演機車或攤販迫你離開騎樓，走上街頭
遇見我

孟買大雨成災
數百名生靈沒有方舟
有數秒晚間新聞
新聞翔實報導名模墜馬的蝴蝶效應
沒有一絲戀人平安的消息
記者總太世故，報社明白世情
戀情如亙古的流沙
我是一顆下落的恆河

寶萊塢揭開五光十色的涅盤
你入座，讚嘆米高梅殖民不了的信仰
你鄰座在乞討過後，來生以前
購買浪漫劇情作餐風露宿的甜點：
她頭頂雀翎，禮服開屏，舞藝如裙擺旋轉不停
他頭頂烈日，目光東昇，歌聲唱出虛無的樂土
泯滅城邦恩仇、昇華階級不公
用歌舞普渡芸芸眾生

我走出真善美
走入西門町的人潮
方才的美滿結局落幕於現時的喧嘩
紅樓從景點成為廢墟，又成為景點
人潮繼續追尋所謂信仰與力量
有了信仰，就有了力量？

兩百個巨人在面海的島，問海
模擬奧義的小宇宙在中南半島的叢林
問天。亞拉穆河水悠悠
飲二十萬名石匠二十二年
升起一座泰姬瑪哈陵
將愛情編入七大奇景
無法在對岸凝望的國王
已無須嘆息

意志為我王朝
年輕就是我的帝國
青春遍地開花，心是弱水一瓢
遠遠的你，縱放狼煙
我揮舞文字如千軍萬馬
在日光游絲的黃昏，無助地來回

在星光屏息的黎明，徒然地白首
在你的笑聲背後
臣服於你的睫毛，一一展開成國王的新詩
穿上新詩，走過中華路
彷彿聽見笑聲
穿過王國裡的流沙
笑成泰戈爾「永恆面頰的一滴淚」

七年不見
你與初戀情人相約印度
你們在聖地玩樂，我在家鄉寫詩
你們以朝夕相處彌補歲月的缺口
我觀賞印度電影想像缺席的旅行
走熟陌生市集，你來到德里最受歡迎的印度餐廳
打開漂鳥集，我感應剎那唱著永恆的聲音

頓時，你的咖哩香溢滿台北每個角落
思念的遊民都溫飽
獨居的靈肉也團圓
如你開口說
你在印度，
而我仍是你旅程中默默轉動的心經

求婚

今晚，我將獻上我的詩集向你求婚
獻上千千萬萬道詩句挑戰四座發電廠
在漆黑之城，點燃逍遙獎外的情詩
代替霓虹照亮誓言，作你的婚紗
（你，願意嫁給我嗎？）

如果，我繼承的是一筆財產而非一枝筆
人們不會挑撥金錢的立場，不會計較財產的顏色
如果，你不曾透露我的來龍，你父親不會武斷我們的去脈
然而
長年隔閡的夜晚，我們面對螢幕，餵食彼此文字的禁藥
藥效喚醒血裡面的土，暗地裡交合並且衍生了副作用
（有了孩子該怎麼辦？）

想起你正準備研究所考試
我走進敦煌，想為你買幾道光環
進口紐約時報的洞穴不出土台灣文藝
美容瘦身理財的排行榜在金石堂招搖而立
我靜坐誠品，仰望整牆的經典，多少扉頁與讀者相遇？

大賣場裡魔法當道，我與正典退散，登入風水輪轉的國家圖書館
重遊若曦的閨房，向陽的書房，窗外大春的花園，陳列永遠的山……
如果台灣文學從小就有自己的房間，賴和與張愛玲會養出幾個高行建
如果台灣文學從小就有合腳的鞋，會議複審情節而非心結，決審境界而非國界
那麼，山說綠就有了綠，海說藍就有了藍，於是天空又有了光
（孩子又有了風景欣賞，又有了顏色作畫）

你說已錄取海外博士班
準備脫離小島長期的糾纏，飛往英倫

瞄準異族的炸彈比起島民互指的槍口，危險但至少可以理解
與炸彈客一起飄向資本文學與西方主義的巴別塔，你是一株蘭花告別了根莖
我沒有一把泥土可以送你遠渡重洋，但在玫瑰裡排隊預購
想送你一張余光中為伍佰填的新歌，一部黃春明為侯孝賢編的金棕櫚
樂見一時台北紙貴，夜市搶先流通盜版的情詩、和解的結局
當你終於前往王十字車站的郵局領取來自家鄉的禮物
郵務員小小心心掃瞄包裹的紋理，有如你父親查我籍貫母親看我八字
當電腦掃到了槍隻的形狀與炸彈的製法，甚至一個小鎮的戀童史
那麼，一定是島上的小說家失業，轉行報社撰寫新聞
而我只是用了他們的報紙包你的禮物，腥羶的標題下包裹著
大家的歌曲，人人的電影

親愛的P
南北是我們的故鄉，不是你我的兩端
語言是我們的居所，不是你我的圍牆

連捷運車廂都能說四種語言，耳朵能聽的更多
你父親心疼國文改版的課本、縮減的時數
殊不知我也曾努力將舌頭捲得像圓那樣美麗

歲月眉批臉上
每顆如果老了，不過是一粒其實
早晚我們都要放下文學理論放下鐵放下血回到土
不再為了優越的生存而批評，不要重演嫉妒與憤怒
那麼此刻，時間的洪流裡
青春掬起了涓涓所映出的豐美家園
值不值得我們，在季節輪替之前
交換無名指的名字
為受傷的沃土哺育一首恆春的詩

民
丶
一
丶
十

薔的素描

詩人的九十九個夢想

1 出一本詩集，紙上自導自演著醉生夢死。

2 登上島嶼最高峰，同時閱覽海洋與海峽。

3 養一隻貓為老婆，兒子是隻以狼為前世的大狗。

4 足跡踩出一條番薯項鍊，有朝一日，走路去廈門。

5 五對小矮人學會在鍵盤上跳舞；臉上的雙魚表演動人的演技。

6 也有紅玫瑰與白玫瑰，一個在誠品，一個剛下戲，我要做個決定。

7 撫養孤獨。一枚放口袋，一件掛櫥窗，一篇登報，一瓣藏日記；
需要時或嚼或穿或流傳成詩，太多了時，用文字編造一艘竹筏，漂流。

8 不單夏天是戀愛的季節，不單夜晚是讀書的時刻，不單此生愛一種人。

9 人心索然，詩是解藥，社會瘋狂讀詩，一時之間，台北紙貴。

98 來生作一株植物，深林裡，運轉無窮的冥想。

99 天空出現九隻金烏，融化兩極冰窖，大水狂擁世界，淹沒台北一〇一，
僅存一百個登樓眺望的人類末裔，四肢化鰭，權力不能呼吸，從此不
說謊不哈腰不嫌貧愛富不聯考不選舉不打飛彈，世界和和平平。

0

即使沒有詩，也繼續一個詩人。

分類廣告

中華民國百十五年一月二十六日　T市

誠徵LOVER數
名25內專上三班
制例假輪休無經驗
可暑期工讀免待優
heartloss.sex.com
tw寂寞芳心聚樂部

廉讓五十九年
次情婦一名規模
35，24，35
多才多藝免負責
月付十萬有感情

身失遺
作證份
25廢
1310
4

當夜急用　詩人安養中心
發洩保密　專收情緒失禁
政府立案　時用文字咆哮
　　　　　無藥可救動物

警告逃犬張招弟你於今年一月九
日無故離家種犬傷心不硬盼回否
則在外繁殖概不負責愛主張大明

情婦

你是誰的煙
　被廉價的熱情點燃
光芒照亮一身枯槁
愛情註定只剩一抹灰塵

你是誰的煙
　被冷落在風裡
瞳孔凝成一扇沒有遠方的窗
從紙盒到煙盒，從宿舍到套房

你　是游移不定的煙
自從初吻被拈死在煙灰缸裡
劇情　是游移不定的煙

飄　　到

空氣裡

有人嗆鼻，有人流淚

每每

在酒以後
在菸以前

在蘋果以後
在檸檬以前

在我以後
在你們以前

像每天日出拾起人間
界線，冉冉冉冉
冉冉了

在是以後
在呢以前

僵局

情色的牢籠裡
單身的士 與 單身的士
倉皇遊走
即使粉身碎骨
也要捍衛
那手無縛雞之力的
那將帥般的
道德
方是遊戲規則

歸

二十離家
四十抵達世界
六十返家時
是否，依舊看得見

海與港口，
哪一個遠？

想飛的山

眾鳥飛越
一一落下羽翅
紛紛為針葉林點上姿色

我走進山裡
凝視樹上飛翔的標本
讀取地上蟄伏的消息
認識了一座沈潛已久
甫上岸的
想飛的山

少年的詩

九月的天空，陽光正好
鄭愁予一次次
美麗了又錯誤了
試著對教室裡的懵懂說
詩了！詩了！

窗邊一位少年煩惱
黑板的函數解不開補習班的三角
課本的文法不懂 i Pod裡的Rap
國文課還要每一個人
寫一首詩

少年望著晴朗的操場
絞盡聰明，沒有靈感

他放下筆，拿起吉他
彈了幾個單音
沉靜的Do
與開心的Re
呼朋引伴，Mi了一首歌
木棉間Fa著So著
La進辦公室裡，成了少年的詩
老師讀完，摸著鬍子
嘻

越濃我　越不想睡

夢囈搗著moon 溢

溶

了

丑（so…）

垂釣

一穹冷水邊

銀鉤　掛著　時間

越放越　細　長

W

a

i

t

一隻破皮鞋

費力地，勾起，拋去

　夏閒月擱淺在沒有碼頭的藍
　魚是我縱身躍入

亥（Hi, night）

玻璃箱裡
夜暗了
Turn on the moon, then
Put the stars into
穴居的詩人　游出來
覓miss
食ing

子（is nice）

續杯
漂浮冰咖啡
一球月亮　搖滾　熱帶叢林

Question

Do you want me?

Yes, I do.

Really?

Really!

How really?

As real as air you cant see

How strong?

As strong as storms you will see

How long?

As long as you belong to me.

Practice

High Fly

Lightly

A flower flys

Passing by my eyes

Giving me smell and sight, occupied my mind

Oh! Beautiful beautiful butterfly

Do you remember

While you getting older

Are you still

the old one I ever knew?

Unknown

I never see a whale
I never sleep in the woods
Dreams only come true in my dreams
How could I stop missing you

I never walk in the desert
I never taste the smell of Aegean Sea
Future keeps coming to our future
How could I keep loving you

Does God ever show his face?
May a flower met his right bee?
Once upon a time
A boy never say never
Dreaming all of dreams is all he needs

Allllllll

ways

You say

You love me

I was looking for

loooking for

looooking for the evidence

Until spring

summer and autumn leaves

Fall

Falll

Falllll

I said I love you too tooo toooo

A ship lost its sea

A ship lost its sea
Sailing on the lea
In ship's dream
Rocks are reefs
Flowers are corals
Hands are wings

Maybe
long time ago
I was a ship lost my sea
That's why I always like the wind

附錄

喜歡城市的十個理由

喜歡光
喜歡煙火
喜歡霓虹燈
喜歡旋轉木馬

我喜歡吃喝逛夜市
喜歡遙望新光摩天樓
還喜歡在徒步區看街舞

寂寞時電影陪伴失眠子夜
我穿過中山北路眠夢的樟樹
上山靜臥夜景如閃耀的電路板

第三屆台北市公車詩文　優選

賞析／鴻鴻

一眼望去排列美麗的詩，容易流於組合拼湊、文字遊戲，這首詩卻無此弊。第一段寫形象，第二段加上人物和動作，第三段則強調出心情；重疊延展又一氣呵成，意象前後關聯卻不重複，「夜景如閃耀的電路板」更是科技時代的美妙比喻。

每個人都可以寫出喜歡或討厭城市的十個理由，本詩的「喜歡」與寂寞掛勾，隱含複雜滋味。十個理由都發生於夜晚，那麼，白天的那半個城市又該如何形容？

夜市

旋轉木馬般的攤販
轉著秧苗般的回憶
我掉進旋律的金魚池裡
直到
紙糊的網　破了
我才從六歲的夢境醒來
那時，天還沒亮
但　夜市已經散了

第四屆台北市公車詩文　優選

賞析／陳克華

緬懷童年的詩作中，以「夜市」來切入的並不多見，作者巧妙地用「金魚池」和「紙糊的網」來聯結回憶中的「意象」和內心的「轉折」，當「網破了」，作者的兒時之夢也「醒了」，是一種文字的「蒙太奇（即電影的『剪接』效果）；夢醒之後「天還沒亮，但夜市已經散了」，反映出對夢的留戀與現實冷清的反差，呈現作者技巧高妙出處，值得細細品味。

明信片

不再相見了
你　也許會端詳我寫的明信片

在潮水拍打月亮的某天
我進入你居住的城市
搭公車　逛誠品　買一本羅蘭巴特
坐在窗旁　數背影　寫明信片
平靜地
地圖上
我們緊緊擁抱

也許　我會擦過一絲你的氣息

賞析／蘇紹連

－喜歡這首詩的節奏，輕快的，淡淡的，感覺上帶一點點哀愁，一點點甜蜜，純純的戀情，沒有雜質，全詩像一幅透明的水彩畫。

－詩的第一段，寫猜想，不再相見的「你」也許會摸著「我」寫的信片。為什麼不再相見？本詩並沒線索得知。

－詩的第二段，敘述某天「我」進城與寫明信片等等的事。「我」在這天所進行的事，都是單獨的；而「地圖上　我們緊緊擁抱」這也是一種精神上的虛構想像

－本段最具特色的是「動詞」，展現明快的節奏：拍打↓進入↓搭↓逛↓買↓坐↓數↓寫↓擁抱。短短七行，用了九個不同的動詞，這麼連續不斷的行動，無非是為了「你」，因你將不再相見。

－詩的第三段，只一行，寫「我」還能做的，也許是「會擦過一絲你的氣息」，表示還有一絲希望吧？

－詩的語言文字不必過份深奧冷僻或精雕細琢或扭曲做作，詩的整體有味就好，此詩即為例證。

國家圖書館出版品預行編目資料

私處／常青著. —— 初版.
—— 臺中市：晨星，2010.10
面；公分.——
ISBN 978-986-177-405-3（平裝）

851.486　　99012538

私處

作者　常青
編輯　李健睿
校對　李健睿
美術編輯　KRW Visual Communication
封面設計　藍弘遠 Ray Lan

負責人　陳銘民
發行所　晨星出版有限公司
台中市 407 工業區 30 路 1 號
TEL:(04)23595820　FAX:(04)23550581
E-mail:morning@morningstar.com.tw
http://www.morningstar.com.tw
行政院新聞局局版台業字第 2500 號
法律顧問　甘龍強律師
承製　知己圖書股份有限公司　TEL：(04)23581803
初版　西元 2010 年 10 月 1 日

本書榮獲
台北市文化局
獎助出版

總經銷　知己圖書股份有限公司
郵政劃撥：15060393
（台北公司）台北市 106 羅斯福路二段 95 號 4F 之 3
TEL:(02)23672044　FAX:(02)23635741
（台中公司）台中市 407 工業區 30 路 1 號
TEL:(04)23595819　FAX:(04)23597123

定價 220 元
（缺頁或破損的書，請寄回更換）
ISBN 978-986-177-405-3